PARIS

TYPOGRAPHIE GEORGES CHAMEROT

19, rue des Saints-Pères, 19

# CATALOGUE
# DES LIVRES

COMPOSANT LA BIBLIOTHÈQUE

## DE FEU M. PEIGNÉ-DELACOURT

Chevalier de la Légion d'Honneur,
Membre correspondant de la Société des Antiquaires de France,
de l'Institut archéologique de Rome,
de la Société des Antiquaires de l'Oise, etc., etc.

———

*La vente aura lieu les Lundi 30
et Mardi 31 Janvier 1882, à 7 heures et demie du soir*

**Rue des Bons-Enfants, 28 (maison Silvestre)**
Salle n° 1

Par le ministère de Mᵉ Maurice **DELESTRE**, commissaire-priseur,
Successeur de Mᵉ Delbergue-Cormont
Rue Drouot, 27

# PARIS
## ADOLPHE LABITTE
LIBRAIRE DE LA BIBLIOTHÈQUE NATIONALE
**4, rue de Lille, 4**
—
**1882**

# CATALOGUE
# DES LIVRES

COMPOSANT LA BIBLIOTHÈQUE

## DE FEU M. PEIGNÉ-DELACOURT

Chevalier de la Légion d'Honneur,
Membre correspondant de la Société des Antiquaires de France,
de l'Institut archéologique de Rome,
de la Société des Antiquaires de l'Oise, etc., etc.

---

*La vente aura lieu les Lundi* 30
*et Mardi* 31 *Janvier* 1882, *à* 7 *heures et demie du soir*

**Rue des Bons-Enfants, 28 (maison Silvestre)**
Salle n° 1

Par le ministère de M° Maurice **DELESTRE**, commissaire-priseur,
Successeur de M° Delbergue-Cormont
Rue Drouot, 27

# PARIS
## ADOLPHE LABITTE
LIBRAIRE DE LA BIBLIOTHÈQUE NATIONALE
**4, rue de Lille, 4**

—

1882

# ORDRE DES VACATIONS

---

PREMIÈRE VACATION. — *Le Lundi* 30 *Janvier* 1882.

Nos 1 à 120.

SECONDE VACATION. — *Le Mardi* 31 *Janvier*.

Livres en nombre. . . . . . . . . . . . . . 121 à 141.

Les livres, brochures et figures en lots.

---

## CONDITIONS DE LA VENTE

---

La vente se fait au comptant.

Les acquéreurs payeront 5 p. 100 en sus des enchères applicables aux frais.

Il y aura exposition chaque jour de vente, de 2 à 4 heures.

# CATALOGUE
# DES LIVRES

COMPOSANT LA BIBLIOTHÈQUE

## DE FEU M. PEIGNÉ-DELACOURT

Chevalier de la Légion d'honneur,
Membre correspondant de la Société des Antiquaires de France,
de l'Institut archéologique de Rome,
de la Société des Antiquaires de l'Oise, etc., etc.

SUIVI DE LA

## LISTE DE SES OUVRAGES

QUI SERONT VENDUS EN NOMBRE

---

1. AMADIS DE GAULE mis en françois par le seigneur des Essarts Nicolas de Herberay. *A Anvers*, 1561, 12 parties en 3 vol. pet. in-4, texte à 2 col. figures en bois v. rac.

2. ANNALES ARCHÉOLOGIQUES, par Didron aîné. *Paris, Victor Didron*, 1844-1859, 19 vol. in-4 papier vélin, nombr. planches gravées, demi-rel. chagr. vert. tr. dor.

    Bel exemplaire.

3. ANTIQUITÉS de la cathédrale de Frisingue (Extrait des Mélanges d'archéologie, t. III). *S. l. n. d.* In-4, texte et 22 planches en chromolith. cart.

4. ARCHIVES HISTORIQUES et littéraires du nord de la France et du midi de la Belgique. *Valenciennes,* 1829 à 1855. 17 vol. in-8, cart. tr. jasp.

    Manque le tome 5° année 1835.

5. ARNAUD. Voyage archéologique et pittoresque dans le département de l'Aube et dans l'ancien diocèse de Troyes. *Troyes*, 1837. In-4, texte à 2 col. nomb. planches cart. n. rog.

6. BARRÉ (Ern.). Étude historique sur Chouilly. *Châlons-sur-Marne*, 1866. In-8 br. et atlas-album in-4 br. contenant 38 planches.

7. BATISSIER (L.). Histoire de l'art monumental dans l'antiquité et au moyen âge, suivi d'un Traité de la peinture sur verre. *Paris, Furne*, 1845. Gr. in-8, fig. v. comp. à froid tr. dor.

8. BEAUVILLÉ (Victor de). Recueil de documents inédits concernant la Picardie. *Paris, Impr. impériale*, 1867-1877. 3 vol. in-4, br.

9. BELVAL (R. de). Nobiliaire de Ponthieu et de Vimeu. *Amiens*, 1861. Gr. in-8, cart. tr. jasp.

10. BERGIER (Nic.). Histoire des grands chemins de l'empire romain. *Bruxelles, J. Léonard*, 1736. 2 vol. in-4, cartes et figures, v. f. antiq.

11. BESCHERELLE (aîné). Dictionnaire national ou Dictionnaire universel de la langue française. *Paris, Garnier frères, s. d.* 2 vol. gr. in-4, texte à 4 col. demi-rel. chagr. noir tr. jasp.

12. BLAVIGNAC (J.-D.). Histoire de l'architecture sacrée du quatrième au dixième siècle dans les anciens évêchés de Genève, Lausanne et Sion. *Paris, Leipsig et Londres*, 1853. Gr. in-8, obl. 74 planches cart.

13. BOLLANDUS. Acta Sanctorum quotquot toto orbe coluntur, collegit, digessit, notis illustr. Joan Bollandus; operam et studiam contulit Godefr. Henschenius, etc. *Parisiis, apud Victor Palmé*, 1863-1867. 60 vol. — Acta Sanctorum, supplementum. 1 vol. ens. 61 vol. in-fol. cart. n. rog.

14. **Bonstetten** (le baron G. de). Recueil d'antiquités suisses. *Berne, Paris et Leipzig,* 1855. In-fol. texte et 28 planches coloriées à la main. — Supplément. *Lausanne,* 1860. In-fol. texte et 23 planches aussi coloriées ens. 2 vol. cart.

15. **Bouquet** (dom Martin). Recueil des historiens des Gaules. Nouvelle édition, publiée sous la direction de M. Léopold Delisle. *Paris, Victor Palmé,* 1859-1874-1878. 13 vol. in-fol. papier vél. texte à 2 col. cart. toile r. n. rog.

    Tomes I à X, tomes XIII, XV et XVI.

16. **Boutell** (the Rev. Ch.). Monumental brasses and stabs, an historical and descriptive notice of the incised monumental memorials of the middle ages, with numerous illustrations *London and Oxford,* 1847. In-8, fig. cart.

17. **Breton** (Ern.). Athènes, suivi d'un Voyage dans le Péloponnèse. *Paris, Gide,* 1862. Gr. in-8, fig. demi-rel. chagr. r. tr. jasp.

18. **Bulletin** de la Société archéologique, historique et scientifique de Soissons. *Soissons et Paris, V. Didron,* 1847-1865. 18 vol. (tomes I à XVIII). In-8, br.

19. **Burguy** (G.-F.). Grammaire de la langue d'Oïl, ou Grammaire des dialectes français aux XII$^e$ et XIII$^e$ siècles, suivie d'un glossaire. *Berlin,* 1853. 2 t. en 1 vol. in-8, demi-rel. bas. viol.

20. **Cabinet historique** (le). Revue trimestrielle, contenant, avec un texte et des pièces inédites, le catalogue général des manuscrits que renferment les bibliothèques publiques de Paris et des départements, sous la direction de M. Louis Paris. *Paris,* 1855 à 1873. 19 vol. in-8, cart.

21. **Carlier** (prieur d'Andresy). Histoire du duché de Valois. *Paris,* 1764. 3 vol. in-4, cartes et figures, v, antiq. marbr.

**22.** CARTE DE LA FRANCE, publiée sous la direction de l'Académie des sciences, par J.-Dom. Cassini de Thury, Camus et Montigny, sur une échelle d'une ligne pour 100 toises. *S. l. n. d.* 34 étuis en bas. r.

**23.** CATALOGUE général des cartulaires des archives départementales publié par la commission des archives départementales et communales. *Paris, Impr. roy.,* 1847. In-4, demi-rel. v. f. tr. jasp.

**24.** COCHERIS (Hipp.). Notices et extraits des documents manuscrits conservés dans les dépôts publics de Paris et relatifs à l'histoire de la Picardie. *Paris, Durand,* 1854. 2 vol. in-8, demi-rel. chagr. viol. tr. peign.

**25.** COCHET (l'abbé). La Normandie souterraine. *Paris,* 1855. In-8, demi-rel. chagr. rouge. — Sépultures gauloises, romaines, franques et normandes. *Paris,* 1857. In-8, demi-rel. v. f.— Le Tombeau de Childéric I<sup>er</sup>, roi des Francs. *Paris,* 1859. In-8, demi-rel. mar. brun, ens. 3 vol.

**26.** COINCY (Gautier de). Les Miracles de la sainte Vierge, traduits et mis en vers par Gautier de Coincy, publiés par l'abbé Poquet avec une introduction, des notes explicatives et un glossaire, accompagnés de nombreuses miniatures. *Paris, Parmantier et Didron,* 1857. In-4, planches gravées, demi-rel. chagr. vert, tr. marbr.

**27.** COLINS. Histoire des choses plus mémorables advenues depuis l'an oze cens xxx jusques à nostre siècle, digérées selon le temps et ordre qu'ont dominé les seigneurs d'Enghien, terminez es familles de Luxembourg et de Bourbon, par Pierre Colins, seigneur d'Heetfelde. *Mons,* 1634. In-4, parch. antiq.

Ouvrage curieux, surtout pour les évènements qui se sont passés du temps de l'auteur.

**28.** COLLECTION CARANDA aux époques préhistorique, gauloise, romaine et franque. — Album des principaux objets recueillis dans les sépultures de Caranda (Aisne), par M. Frédéric Moreau, pendant les années 1873-1874 et 1875. *Saint-Quentin*, 1877. 61 planch. et texte explicatif, en feuilles dans un carton, in-4.

29. Collection des anciens monuments de l'histoire et de la langue françoise. *Paris, Crapelet,* 1829, etc. 5 vol. gr. in-8 jésus, vélin fort.

> 1. Le Combat de trente Bretons contre trente Anglais, avec figures et fac-similé, 1 vol. en demi-rel. chagr. vert.
> 2. L'Histoire du châtelain de Coucy et de la dame de Fayel, texte et traduction avec 2 figures et fac-similé, 1 vol. cart.
> 3. Chansons du châtelain de Coucy, revues sur les manuscrits, par Fr. Michel, 1 vol. demi-rel. tr. marbr.
> 4. Partonopeus de Blois, publié pour la première fois, d'après le manuscrit de la Bibliothèque de l'Arsenal, avec 3 fac-similés, 2 vol. cart.

30. Comité archéologique de Senlis, comptes-rendus et mémoires. *Senlis,* 1863 à 1876. 23 vol. in-8, br.

> Collection incomplète ; quelques volumes sont doubles.

31. Congrès archéologique de France. Société française d'archéologie pour la conservation des monuments historiques. *Paris*, 1860 à 1873. 12 vol. in-8, br.

> Tomes XXIII à XXXIX, Il manque le tome XXVIII (1865) et le tome XXXI (1868).

32. Corblet (l'abbé J.). Hagiographie du diocèse d'Amiens. *Paris, J.-B. Dumoulin*, 1869-1873. 5 vol. in-8, br.

> Manque le tome IIe.

33. Decagny (l'abbé Paul). Histoire de l'arrondissement de Péronne et de plusieurs localités circonvoisines. *Péronne, impr. J. Quentin*, 1865-1867. 2 vol. gr. in-8, demi-rel. chagr. noir, tr. jasp.

> Envoi autographe de l'auteur à M. Peigné-Delacourt.
> Quelques taches aux premières pages du tome IIe.

34. Delettre (l'abbé). Histoire du diocèse de Beauvais depuis son établissement, au iiie siècle, jusqu'au 2 septembre 1792. *Beauvais*, 1842-1843. 3 vol. in-8, demi-rel. chagr. viol. tr. jasp.

35. Delisle (Léop.). Catalogue des Actes de Philippe Auguste. *Paris, Durand,* 1856. In-8, demi-rel. chagr. rouge, tr. marbr.

36. Delisle (Léop.). Inventaire des manuscrits de Saint-Germain des Prés. *Paris, Durand et Pedone,* 1868. In-8, br.

37. Delisle (Léop.). Mélanges de paléographie et de bibliographie. *Paris,* 1880. In-8, br.

38. Demay (G.). Inventaire des sceaux de la Flandre recueillis dans les dépôts d'archives, musées et collections particulières du département du Nord, ouvrage accompagné de trente planches photoglyptiques. *Paris, Impr. nationale,* 1873. 2 vol. in-4, pl. demi-rel. bas. rouge, tr. jasp.

39. Desjardins (Ern.). Géographie historique et administrative de la Gaule romaine. *Paris, L. Hachette,* 1876-1878. 2 vol. gr. in-8, papier vélin, figures et cartes, br.

40. Desjardins (Ern.). Aperçu historique sur les embouchures du Rhône, travaux anciens et modernes, fosses mariennes, canal du bas Rhône. *Paris, Ch. Lahure,* 1866. In-4, cartes, cart. tr. jasp.

41. Desjardins (Gust.). Histoire de la cathédrale de Beauvais. *Beauvais, Pineau,* 1865. In-4, figure, demi-rel. v. f.

42. Douet d'Arcq. Collection de sceaux des archives de l'Empire. *Paris, H. Plon,* 1863-1868. 3 vol. in-4, cart.

43. Du Cange. Glossarium mediæ et infimæ latinitatis conditum a Carolo Dufresne domino Du Cange, auctum a monachis ordinis S. Benedicti, cum supplementis integris D. P. Carpenterii et additamentis Adelungii et aliorum, digessit G.-A-L. Henschel. *Parisiis,*

*Firm.-Didot fratres*, 1840-1857. 8 vol. in-4, demi-rel. chagr. vert, tr. jasp.

44. DUPINEY DE VAUREPIERRE. Dictionnaire français illustré et encyclopédic universelle, ouvrage orné d'environ 20,000 gravures. *Paris, Michel Lévy fr.*, 1860. 2 forts vol. in-4, texte à 3 col. figures dans le texte, demi-rel. chagr. br. tr. jasp.

45. EVEN (Edward van). L'Omgang de Louvain, dissertation historique et archéologique sur ce célèbre cortège communal, ouvrage orné de 36 planches gravées sur pierre d'après les dessins originaux exécutés en 1594. *Louvain et Bruxelles*, 1863. In-4, cart. figures.

46. FALLOT (Gust.). Recherches sur les formes grammaticales de la langue française et de ses dialectes au xiii° siècle, précédées d'une notice sur l'auteur, par B. Guérard. *Paris, Imprimerie royale*, 1839. In-8, demi-rel. chagr. rouge, tr. jasp.

47. FAUSSETT (B.). Inventorium sepulchrale, an account of some Antiquities, in the county of Kent. Edited from the original manuscript with notes and introduction by Charles Roach Smith. *London*, 1856. In-4, portrait et planches gravées, cart. n. rog.

48. FÉLIBIEN. Histoire de la ville de Paris, composée par M. Michel Félibien, revue, augmentée et mise au jour, par D. Guy-Alexis Lobineau, tous deux prêtres religieux de la congrégation de Saint-Maur. *Paris, Guillaume Desprez*, 1725. 5 vol. in-fol. figures et plans, v. gran.

Bel exemplaire.

49. FLEURY (Ed.). Antiquités et monuments du département de l'Aisne. *Paris, imprimerie Jules Claye*, 1877. 2 ouvr. en un vol. gr. in-4, papier vélin, nombr. figures dans le texte, demi-rel. bas. rouge, tr. jasp.

P.-D.

50. FORCELLINI (Ægid.). Totius latinitatis Lexicon consilio et cura Jacobi Facciolati opera et studio Ægidii Forcellini. *Schneebergæ*, 1831-1835. 4 vol. pet. in-fol. demi-rel. v. tr. marbr.

51. FRANCISQUE MICHEL. Études de philologie comparée sur l'argot et sur les idiomes analogues parlés en Europe et en Asie. *Paris, Aubry*, 1856. Gr. in-8 br.

52. FROISSART. Chroniques, avec notes, éclaircissements, tables et glossaire, par J.-A.-C. Buchon. *Paris, Panthéon littéraire*, 1853. 3 vol. gr. in-8, texte à 2 col. demi-rel. bas. verte.

53. GANNERON (Edm.). La Cassette de saint Louis, roi de France, donnée par Philippe le Bel à l'abbaye du Lis. *Paris, de l'impr. de J. Claye*, 1855. Gr. in-fol. papier vélin, br.

    6 planches reproduites en or et en couleurs, grandeur de l'original, par les procédés chromolithographiques, accompagnées d'un texte historique et archéologique.

54. GAUTIER (Léon). Les Épopées françaises, étude sur les origines et l'histoire de la littérature nationale. *Paris, Victor Palmé*, 1865. 3 vol. gr. in-8, br.

    Tomes I à III. Le tome III est en double exemplaire.

55. GOSSE. Histoire de l'Abbaye et de l'ancienne congrégation des chanoines réguliers d'Arrouaise avec des notes critiques, historiques et diplomatiques, par M. Gosse, prieur d'Arrouaise. *Paris, L. Danel*, 1786. In-4, demi-rel. v. f. tr. jasp.

56. GRAVES. Précis statistique des villes et cantons du département de l'Oise. *S. l. n. d.* 35 vol. in-8, cart.

    Cette collection comprend les cantons d'Attichy, Auneuil, Beauvais, Betz, Breteuil, Chaumont, Clermont, Compiègne, Creil, Crépy, Crèvecœur, Estrée, Formerie, Froissy, Grandvilliers, Guiscard, Lassigny, Le Coudray, Liancourt, Maignelay, Marseille, Méru, Mouy, Nanteuil, Neuilly le Haudoin, Neuilly en Thelle, Nivillers, Noailles, Noyon, Pont Saint-Maxence, Ressons, Ribecourt, Saint-Just, Senlis, Songeons.

    Chaque partie est augmentée de cahiers de papier blanc, remplis de nombreuses annotations, augmentations et notes manuscrites.

57. GRAVES (L.), WOILLEZ (Emm.). Notice archéologique sur le département de l'Oise. *Beauvais*, 1856. In-8, cart. — Essai sur la topographie géognostique du département de l'Oise; *Beauvais*, 1847. In-8, demi-rel. bas. — Répertoire archéologique du département de l'Oise. *Paris, Impr. impér.* 1862. In-4, cart. — Atlas de l'Oise (cartes, figures, plans, etc.). In-4, obl. cart. ens. 4 vol.

58. GRIVAUD DE LA VINCELLE. Arts et Métiers des Anciens, représentés par les monuments, ou Recherches archéologiques servant à l'explication d'un grand nombre d'antiquités recueillies dans les ruines d'une ville gauloise et romaine découverte entre Saint-Dizier et Joinville, département de la Haute-Marne. *Paris, Nepveu*, 1819. In-fol. contenant 130 planches gravées au trait, demi-rel. bas. n. rog.

59. GUENEBAULT (L.-J.). Dictionnaire iconographique des Monuments de l'antiquité chrétienne et du moyen âge. *Paris, Leleux*, 1843. 2 vol. in-8, texte à 2 col. demi-rel. chagr. br. tr. jasp.

60. HENRY (J.-F.). Essai historique, topographique et statistique sur l'arrondissement communal de Boulogne-sur-Mer. *A Boulogne*, 1810. In-4, cartes, cart.

61. HOEFER (le D$^r$). Nouvelle Biographie universelle, depuis les temps les plus reculés jusqu'à nos jours. *Paris, Firm.-Didot fr.*, 1852-1868. 46 vol. in-8, texte à 2 col. demi-rel. bas. br. tr. jasp.

62. HORDRET (L.). Histoire des droits anciens et des prérogatives et franchises de la ville de Saint-Quentin. *Paris*, 1781. In-8, v. antiq. marbr. — Histoire de la ville de Saint-Quentin, par Ch. Gomart. *Saint-Quentin et Paris*, 1856. 2 vol. in-8, figures, demi-rel. bas. rouge. Ens. 3 vol.

63. JAUBERT (le comte). Glossaire du centre de la

France. *Paris, s. d.* 2 vol. in-8, demi-rel. chagr. vert, tr. marbr.

64. Lacombe. Dictionnaire de la langue romane ou du vieux langage françois. *Paris, Saillant,* 1768. In-8, v. marbr.

65. La Saussaye (L.). Mémoire sur les antiquités de la Sologne blésoise. *Paris, Techener,* 1844. In-4. 12 planches lithogr. cart.

66. Le Glay. Histoire du diocèse de Cambray. *Lille, L. Lefort,* 1849. Gr. in-8, texte à 2 col. demi-rel. chagr. vert, tr. peign.

67. Le Glay (A.). Recherches sur l'église métropolitaine de Cambrai. *Paris, Firm.-Didot,* 1825. In-4, planches lithographiées, br.

68. Lelewel (Joachim). Numismatique du moyen âge considérée sous le rapport du type. *Paris,* 1835. 3 parties en un vol. in-8, figures dans le texte, demi-rel. chagr. vert.

69. Lepinois (E. de). Histoire de Chartres. *Chartres, Garnier,* 1854. 2 vol. in-8, figures, demi-rel. v. viol. tr. jasp.

70. Lepinois. Souvenirs de Coucy, dessins lithographiés par M. de Lepinois père et M^{me} Anna de Lepinois, accompagné d'un texte historique et descriptif par M. le chevalier de Lepinois. *Coucy et Paris,* 1834. In-fol. papier vélin, texte et 15 planches, demi-rel. mar. rouge, n. rogné.

71. Le Prevost (Aug.). Dictionnaire des anciens noms de lieux du département de l'Eure. *Evreux,* 1839. In-8, demi-rel. bas. verte, tr. jasp.

72. Lessore et W. Wyld. Voyage pittoresque dans la Régence d'Alger, exécuté en 1833, publié et imprimé par Ch. Motte. *Paris, s. d.* Gr. in-fol. texte et 50 planches lithogr. demi-rel. v. viol.

73. LINDENSCHMIT (Ludwig). Die Vaterländischen Al-
terthümer der Fürstlich Hohenzoller'schen Samm-
lungen zu Zigmaringen, mit 43 grav. Tafeln und
103 in den Text gedruckten Holzschnitten *Mainz,*
1860. In-4, figures, cart.

74. LORIQUET (Ch.). La Mosaïque des promenades et
autres, trouvées à Reims ; études sur les Mosaïques
et sur les jeux de l'amphithéâtre, *Reims, P. Dubois
et Brissart-Binet,* 1862. In-8, figures, demi-rel. bas. r.

75. LORRIS (Guill. de). Le Roman de la Rose ; accompagné d'une préface, de notes et d'un gloissaire
(par Lenglet-Dufresnoy). *Amsterdam, J.-Fr. Bernard,* 1735. 3 vol. in-12. — Supplément au Glossaire du Roman de la Rose (par J.-B. Lantin de
Damerey). *Dijon, J. Sirot,* 1737. 1 vol. in-12. Ens.
4 vol. v. marbr.

76. MABILLON (J.). De Re diplomatica libri VI. *Lutetiæ
Parisiorum, Ludov. Billaine,* 1681. In-fol. — Sup-
plementum librorum de Re diplomatica. *Parisiis,
Robustil,* 1704. In-fol. Ens. 2 vol. figures, v. brun.

77. MAGNY (le marquis de). Nouveau Traité historique
et archéologique de la vraie et parfaite science des
armoiries. *Paris, Aubry,* 1856. 2 tomes en un vol.
in-4, papier vélin, nombr. planches de blasons lithogr. en couleurs, demi-rel. avec coins, mar. vert,
fil. tr. marbr.

78. MELLEVILLE. Dictionnaire historique du département de l'Aisne. *Laon et Paris,* 1865. 2 vol. gr. in-8,
figures, cart.

79. MÉMOIRES de la Société d'archéologie du département de la Somme. *Amiens,* 1838-1868. 22 vol. in-8,
figures et 2 atlas in-4 pour les tomes III et VI, demi-
rel. v. bleu, tr. jasp.

> Exemplaire du roi Louis-Philippe.
> Manque le tome XIV.

80. Mémoires de la Société des antiquaires de France. *Paris, Dumoulin,* 1850-1879, tomes **XX** à **XL** (manque le tome **XXVII**). In-8, brochés. — Bulletins, de 1850 à 1879. 70 fascicules in-8.

81. Mémoires de la Société des antiquaires de Picardie. Documents inédits concernant la province. *Amiens,* 1845-1871. 8 vol. in-4, reliés et brochés.

> Tomes I et II : Coutumes locales du bailliage d'Amiens ; demi-rel. v. bleu.
> Tome III : Introduction à l'histoire de la province de Picardie ; demi-rel. v. bleu.
> Tome IV : Recherches sur les anciens comtes de Beaumont-sur-Oise ; broché.
> Tome V : Histoire de la ville de Doullens ; broché.
> Tome VI : Cartulaire de l'abbaye de Notre-Dame d'Ourscamp ; broché.
> Tomes VII et VIII : Bénéfices de l'église d'Amiens ; brochés.

82. Merlet (Luc.) et Aug. Moutié. Cartulaire de l'abbaye de Notre-Dame des Vaux de Cernay de l'ordre de Cîteaux au diocèse de Paris. *Paris, Henri Plon,* 1858. Atlas in-fol. contenant 1 gravure, 12 planches sur chine et une carte, cart.

83. Migne (l'abbé). Encyclopédie. *Paris,* 1848-1861. 17 vol. gr. in-8, texte à 2 col. demi-rel. v. br. tr. jasp. (*Reliure uniforme.*)

> 1. Dictionnaire des ordres religieux. 1 vol.
> 2. Dictionnaire de statistique religieuse. 1 vol.
> 3. Dictionnaire des abbayes et des monastères. 1 vol.
> 4. Dictionnaire d'épigraphie chrétienne. 2 vol.
> 5. Dictionnaire de linguistique. 1 vol.
> 6. Dictionnaire d'orfèvrerie et de ciselure chrétiennes. 1 vol.
> 7. Dictionnaire de technologie. 2 vol.
> 8. Dictionnaire d'iconographie. 1 vol.
> 9. Dictionnaire de paléographie. 1 vol.
> 10. Art de vérifier les dates. 1 vol.
> 11. Dictionnaire de géographie sacrée. 3 vol.
> 12. Dictionnaire héraldique. 1 vol.
> 13. Le même ouvrage. 1 vol.

84. Millet de la Turtaudière. Indicateur de Maine-et-Loire. *Angers,* 1864-1865. 2 vol. gr. in-8, br.

85. Montfaucon. L'Antiquité expliquée (en français et en latin) et représentée en figures, par dom Bernard

de Montfaucon. *A Paris, chez Florentin Delaulne*, 1719. 5 tomes en 10 vol. in-fol. planches gravées, v. brun, dos de mar. rouge.

86. MORIN. Histoire générale des pays de Gastinois. Senonois et Hurepois, contenant la description des antiquitez des villes, bourgs, chasteaux, abbayes, églises et maisons nobles desdits pays, avec les généalogies des seigneurs et familles qui en despendent, composée par feu R. P. dom Guillaume Morin, grand prieur de l'abbaye royale de Ferrières en Gastinois. *Paris*, 1630. In-4, parch.

87. MOUTIÉ (Aug.). Cartulaire de l'abbaye de Notre-Dame-de-la-Roche, de l'ordre de Saint-Augustin, au diocèse de Paris. *Paris, H. Plon*, 1862. Atlas in-folio, contenant 40 planches lithogr. sur chine d'après les dessins de M. Nicolle, architecte, cart.

88. PARKER (J.-H.). The Archæology of Rome. *Oxford and London*, 1874. 3 vol. in-8, 2 vol. de texte, dont 1 de supplément et un vol. de planches, cart.

89. PARKER (John-Henry). The Forum Romanum. *Oxford and London*, 1876. In-8, figures, cart.

90. PASQUIER (Est.). Les Recherches de la France. *A Paris, chez Pierre Menard*, 1643. In-fol. v. brun.

91. PÉRIN (C.). Recherches bibliographiques sur le département de l'Aisne. *Soissons*, 1866. 2 vol. gr. in-8, demi-rel. bas. verte.

92. POÉTES DE CHAMPAGNE antérieurs au XVIe siècle. *Reims*, 1849-1851. 14 tomes en 7 vol. pet. in-8, demi-rel. chagr. vert, tr. jasp.

 1. Proverbes champenois avant le XVIe siècle. — Les Œuvres de Philippe de Vitry. 2 ouvr. en un vol.
 2. Chansons de Thibault IV, comte de Champagne et de Brie, roi de Navarre. — Le Roman de Gérard de Viane. 2 ouvr. en un vol.
 3. Recherches sur l'histoire du langage et des patois de Champagne, par l'arbé. 2 tomes en un vol.
 4. Les Œuvres de Guillaume Coquillart. 2 tomes en un vol.

> 5. Les Œuvres de Guillaume de Machault. — Le Roman du chevalier de la Charette. 2 ouvr. en un vol.
> 6. Les Chansonniers de Champagne aux XIIe et XIIIe siècles. — Le Roman d'Aubery le Bourgoing. 2 ouvr. en un vol.
> 7. Œuvres inédites d'Eustache Deschamps. 2 tomes en un vol.

93. PRAROND (Ern.). Histoire de cinq villes et de trois cents villages, hameaux ou fermes. *Paris (Abbeville)*, 1861-1868. 6 vol. pet. in-8, demi-rel. chagr. brun.

> Abbeville et Hallencourt. 1 vol.
> Le canton de Rue.
> Saint-Valery. 2 vol.
> Saint-Riquier. 2 vol.

94. RAMÉE (D.). Monographie de l'église Notre-Dame de Noyon. Atlas gr. in-fol. contenant 26 planches gravées, demi-rel. chagr. rouge.

95. RAYMOND-BORDEAUX. Serrurerie du moyen âge. Les ferrures des portes, avec dessins, par Henri Gerente et G. Bouet. *Oxford et Paris*, 1858. In-4, 40 planches gravées, cart.

96. RAYNOUARD. LEXIQUE ROMAN, ou Dictionnaire de la langue des troubadours. *Paris, Silvestre*, 1844. 6 vol. in-8, demi-rel. mar. vert, tr. jasp.

> Bel exemplaire.

97. REMI. La Magdeleine de J. Remi de Beauvais, capucin de la province des Païs-Bas. *A Tournai, chez Ch. Martin*, 1617. Pet. in-8, titre gravé, v. marbr.

98. REVUE de l'Art chrétien, recueil mensuel d'archéologie religieuse dirigé par l'abbé J. Corblet. *Paris (Tournai)*, 1857 à 1878. 22 années en vol. ou fascicules in-8, br.

99. RICHARD. La Chanson d'Antioche, composée au commencement du XIIe siècle par le pèlerin Richard, publiée pour la première fois par Paulin Paris. *Paris, J. Techener*, 1848. 2 vol. pet. in-8, cart. non rogné.

> De la collection des *Romans des douze Pairs de France*.

100. ROBERT. Fables inédites des XII<sup>e</sup>, XIII<sup>e</sup> et XIV<sup>e</sup> siècles, et fables de la Fontaine rapprochées de celles
de tous les auteurs qui avaient, avant lui, traité les
mêmes sujets, précédées d'une notice sur les fabu-
listes. *Paris, **Et. Cabin**,* 1825. 2 vol. in-8, portrait
et figures, demi-rel. chagr. rouge, tr. marbr.

101. ROQUEFORT (J.-B.-B.). Glossaire de la langue romane, par J.-B.-B. Roquefort. *A Paris, chez B. Warée
(de l'imprimerie de Crapelet)*, 1808-1820. 3 vol. in-8
dont 1 de supplément, demi-rel. bas.

102. ROUGEBIEF. Histoire de la Franche-Comté ancienne et moderne, précédée d'une description de
cette province. *Paris, Stévenard,* 1851. Gr. in-8,
portrait demi-rel. chagr. viol. tr. jasp.

103. SAINTE-MARTHE. Gallia christiana, seu series om-
nium archiepiscoporum, episcoporum et abbatum
Franciæ et aucta opera et studio Dion. Sammarthani
et aliorum monachorum ex ordine S. Benedicti.
*Parisiis, **ex Typographia regia**,* 1716-1770. 12 vol.
in-fol. v. antiq. marbr. — Gallia christiana. *Parisiis,
Palmé,* 1874. 1 vol. in-fol. t. XIII, cart.

104. SCHLIEMANN (H.). Mycènes, récit des recherches et
découvertes faites à Mycènes et à Tirynthe avec une
préface de M. Gladstone, ouvrage traduit de l'anglais
par J. Girardin. *Paris, Hachette,* 1879. Gr. in-8, fig. br.

105. SHAYES (A.-G.-B.). La Belgique et les Pays-Bas
avant et pendant la domination romaine, par A.-G.-
B. Shayes. *Bruxelles, Emm. Devroye*, 1858-1859.
3 vol. in-8 et cart. tr. jasp.

106. SIMON LE BOUCQ. Histoire ecclésiastique de la ville
et comté de Valentienne, par sire Simon le Boucq
Prevot (1650), reproduction textuelle du précieux
manuscrit appartenant à la bibliothèque publique de
Valenciennes, illustrée par les lithographies représentant les anciens monuments de ladite ville, des-

sinées par Henry Macaire, publiée par les soins de
M. A. Prignet, imprimeur, et Arthur Dinaux. *Valenciennes, 1844.* In-4, texte à 2 col. planches gravées
cart. tr. jasp.

107. Société de l'Histoire de France. *Paris, Renouard,
1863.* 6 vol. in-8.

 1. Les Annales de Saint-Bertin et de Saint-Waast, 1 vol. br.
 2. Histoire des ducs de Normandie et des rois d'Angleterre. 1 vol.
en demi-rel. tr. jasp. ;
 3. Chronique de Mathieu d'Escouchy. 3 vol. br. (t. I, II et III) ;
 4. Chronique des quatre premiers Valois. 1 vol. br.

108. Some account of domestic architecture of the
middle ages. *Oxford,* 1853-1859. 3 vol. in-8, nombr.
gravures, cart.

109. Statistique monumentale du département du Pas-
de-Calais, publiée par la Commission des antiquités
départementales. *Arras , Topino ,* 1850-1860-1873.
3 vol. in-4, nombr. planches gravées, demi-rel. mar
rouge tr. jasp.

110. Tabourot (Est.). Les Bigarrures du seigneur des
Accords, corrigées par l'auteur et augmentées, avec
retranchement de ce qui n'estoit de lui, etc. *A Paris,
chez J. Richer,* 1585. Petit in-12, v. f. antiq. tr. dor.
 Titre raccommodé.

111. Toiles peintes et tapisseries de la ville de Reims
ou la Mise en scène du théâtre des confréries de la
Passion, planches dessinées et gravées par L. Leber-
thais, études des mystères et explications historiques, par Louis Paris. *Paris,* 1843, 2 tomes en 1 vol.
in-4, demi-rel. mar. r. tr. jasp.

112. Valesius (Hadr.). Notitia Galliarum ordine littera-
rum digesta. *Parisiis, Léonard,* 1675. In-fol. v. brun.
 Ouvrage estimé et qui se trouve difficilement.

113. Vattier (l'abbé A.). Cartulaire du Prieuré de
Saint-Christophe-en-Halatte. *Senlis, imprimerie de
E. Payen,* 1876. In-4, br.

114. Vigne (Félix de). Mœurs et usages des corporations des métiers de la Belgique et du nord de la France. *Gand*, 1857. Gr. in-8, fig. demi-rel. chagr. brun, n. rog.

115. Viollet-le-Duc. Dictionnaire raisonné du mobilier français de l'époque carlovingienne à la Renaissance. *Paris, Bance*, 1858. In-8, figures gravées demi-rel. mar. la Vall. tr. peign.

  1er volume. Meubles, illustré de 211 bois intercalés dans le texte, 17 grands bois tirés à part, 4 vignettes gravées sur acier et 7 dessins en chromolithographie.

116. Voyage pittoresque de la France. Description de la province de l'Isle-de-France, Valois et comté de Senlis. *Paris, Lamy*, 1787. In-fol. texte et planches gravées, demi-rel. chagr. rouge.

117. Wace. Le Roman de Brut, publié pour la première fois d'après les manuscrits des Bibliothèques de Paris avec un commentaire et des notes, par Le Roux de Lincy. *Rouen, Ed. Frère*, 1838. 2 vol. gr. in-8, br.

118. Wailly (Natalis de). Élémens de paléographie. *Paris, Imprimerie royale*, 1838. 2 vol. gr. in-4, cart. n. rog.

  Exemplaire sur papier vergé de Hollande.

119. Woillez (le Dr Eug. J.). Archéologie des monuments religieux de l'ancien Beauvoisis pendant la métamorphose romane. *Paris, Deraché*, 1839-1849. In-fol. papier vélin, carte archéologique et 129 planches contenant plus de 1,200 sujets, cart. n. rog.

120. Zeller (Jules). Histoire d'Allemagne. Origine de l'Allemagne et de l'Empire germanique: Fondation de l'Empire germanique. *Paris, Didier*, 1873-1876. 2 vol. in-8, br.

**A la fin de la deuxième vacation on vendra des livres et des brochures en lots.**

# OUVRAGES DE M. PEIGNÉ-DELACOURT

## EN NOMBRE

121. TABLEAU DES ABBAYES et Monastères d'hommes en France à l'époque de l'édit de 1768 avec la liste des Abbayes royales de filles. *Arras, A. Planque*, 1875. In-4, papier vélin, 84 pages de texte et 13 cartes pliées cart.

> 187 exemplaires.

122. HISTOIRE DE L'ABBAYE DE NOTRE-DAME D'OURSCAMP, ouvrage accompagné d'un plan de l'abbaye, d'une carte de ses possessions, des planches représentant les pierres tombales, des planches de sceaux, lithographiées d'après les dessins de Gaignières conservés dans les bibliothèques d'Oxford et de Paris et d'un gaand nombre de gravures sur bois intercalées dans le texte. *Amiens, imprimerie A. Douillet*, 1876. 2 vol. in-4, dont 1 pour le cartulaire publié en 1865, 620 p. et le second, papier vélin, 296 pages, 56 planches plus 19 planches.

> 20 exemplaires reliés.
> 40 exemplaires brochés.

123. LA CHASSE A LA HAIE. *Paris, imprimerie de M*<sup>me</sup> *V*<sup>e</sup> *Bouchard-Huzard*, 1858. In-4, papier vélin, 43 pages 1 frontispice et 1 planche hors texte, br.

> 10 exemplaires.

124. RECHERCHES sur le lieu de la bataille d'Attila en 451. *Paris, de l'imprimerie de J. Claye*, 1860. In-4, papier vélin, 58 pages, une carte géographique et

6 planches chromolithographiques, br. avec un supplément paru en 1866, in-4, 29 pages.

> 5 exemplaires.

125. L'Hypocauste de Champlieu près de Pierrefond.
*Beauvais, imprimerie D. Père*, 1867. Br. in-8 de
39 pages, figures dans le texte.

> 132 exemplaires.

126. Les Normands dans le Noyonnais (ixe et xe siècles).
*Noyon, typographie D. Andrieux*, 1868. In-8, papier
vélin, 109 pages, figures dans le texte.

> 37 exemplaires.

127. Topographie archéologique des cantons de la
France. Département de l'Oise, arrondissement de
Compiègne, canton de Ribecourt. *Noyon, typographie D. Andrieux*, 1874. In-8, papier vélin, 123 pages
figures et 2 cartes br.

> 100 exemplaires.

128. Topographie archéologique des cantons de la
France. Département de l'Oise, arrondissement de
Senlis, canton de Creil. *Noyon, typographie D. An-
drieux*, 1875. In-8, de 88 pages, papier vélin br.

> 100 exemplaires.

129. La France monumentale. Pouillé du diocèse de
Noyon, province ecclésiastique de Reims accompagné de gravures représentant les principaux monuments de cet ancien diocèse. *Paris, typogr. G. Chamerot*, 1876. In-4, papier vélin, 52 pages, figures, br.

> 50 exemplaires.
> En dépôt chez M. Chamerot : 700 exemplaires en feuilles.

130. Technologie archéologique. *Péronne, typographie J. Quentin*, 1873. In-8, papier vélin, br. figures
dans le texte et hors texte.

> Ce volume contient les mémoires et notices de M. Peigné-De-
> lacourt.
> 91 exemplaires.

131. Les Chemins des Gaulois et les véhicules. *Noyon, typographie D. Andrieux*, 1873. In-8, papier vélin, 62 pages, figures dans le texte et 3 gravures hors texte, br.

> 4 exemplaires.

132. L'Origine des noms de Bruxelles et de Louvain, attribuée à d'anciens appareils de chasse à la haie. *Namur, typographie Ad. Wesmael-Charlier*, 1871. In-8, papier vélin, 23 pages, 1 carte, br.

> 50 exemplaires.

133. Études nouvelles sur les campagnes de Jules César contre les Bellovaques. *Senlis, imprimerie de M*^me *V*^e *Duriez*, 1869. In-8, papier vélin, 52 pages et 5 planches hors texte, br.

> 50 exemplaires,

134. Analyse du Roman du Hem du trouvère Sarrazin. *Arras, typogr. d'Alph. Brissy*, 1854. Br. in-8 de 48 pages, papier vélin.

> 20 exemplaires.

135. Porte-Lampe du V^e siècle de l'ère chrétienne, représentant une basilique. *Arras et Paris*, 1866. Br. in-8 de 15 pages, papier vélin, figures dans le texte.

> 50 exemplaires.

136. J. César : ses itinéraires en Belgique, d'après les chemins anciens et les monuments. *Péronne, typogr. de J. Quentin*, 1876. In-8, papier vélin, 36 et 15 pages, 3 figures et une grande carte pliée, br.

> 50 exemplaires.

137. Campagnes de Jules César contre les Bellovaques, étudiée sur le terrain. *Paris, Aug. Aubry*, 1862. Br. in-8 de 15 pages, papier vélin, figures dans le texte.

> 50 exemplaires.

138. Recherches sur divers lieux du pays des Silvanectes, étude sur les anciens chemins de cette con-

trée, Gaulois, Romains, Gaulois romanisés et Mérovingiens. *Amiens, Lemer, imprimeur,* 1864. In-8, 112 pages, papier vélin, figures dans le texte, br.

50 exemplaires.

139. Supplément aux recherches sur l'emplacement de Noviodunum et divers autres lieux du Soissonnais. *Amiens, imprimerie de Vᵉ Herment,* 1859. In-8, br. de 119 pages, papier vélin, carte.

5 exemplaires.

140. Agnès Sorel. Etait-elle Tourangelle ou Picarde? *Noyon, typogr. D. Andrieux-Duru,* 1861. Br. in-8 de 16 pages, papier vélin.

46 exemplaires.

141. Monasticon Gallicanum. Collection de 168 planches de vues topographiques représentant les monastères de l'ordre de Saint-Benoît, congrégation de Saint-Maur, avec deux cartes des établissements bénédictins en France, avec une préface de M. Léopold Delisle. *Paris, typographie Georges Chamerot,* 1877. 2 vol. in-4, préface 50 pages et 16 pages, papier vergé et 169 planches pliées en 2 cart.

14 exemplaires reliés.
88 exemplaires en 6 fascicules dans des cartons.
50 préfaces séparées.
15,000 planches diverses environ, tirées.
Et les 169 cuivres de l'ouvrage.


L'acquéreur devra prendre livraison de cet article et en faire la vérification à **GUISE (Aisne)**, dans les huit jours qui suivront la vente.

Paris. — Typ. G. Chamerot, 19, rue des Saints-Pères. — 12118.

RED. :

18

MIRE ISO N° 1
NF Z 43-007
AFNOR
Cedex 7 - 92080 PARIS-LA-DÉFENSE

graphicom

0 1 2 3 4 5 6 7 8 9 10

# BIBLIOTHEQUE NATIONALE DE FRANCE

****

# CHATEAU DE SABLE

1996